ALCESTE

PAR

ÉMILE COQUATRIX

Prix : 1 franc

ROUEN

IMPRIMERIE DE H. BOISSEL

Rue de la Vicomté, 55

1872

ALCESTE

ALCESTE

PAR

ÉMILE COQUATRIX

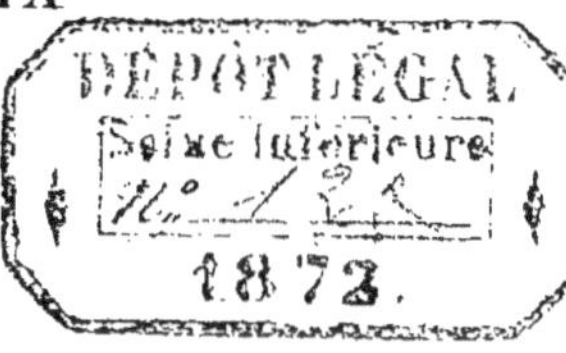

Prix : 1 franc

ROUEN

IMPRIMERIE DE H. BOISSEL

Rue de la Vicomté, 55

1872

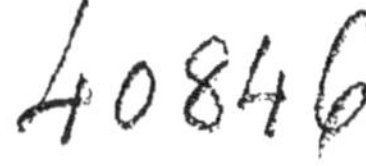

PUBLICATIONS AU PROFIT DES PAUVRES.

1865 **Le Jour des Morts.**

1866 **Jeanne-Darc.**

1867 **Corneille — les Odeurs de Paris.**

1868 **Napoléon.**

1869 **L'Épître à Montauron.**

1870 **Les Joies de Corneille — l'Enquête.**

1871 **Vive France — Rêve de Noël.**

ALCESTE.

I

Un jour du mois dernier j'étais triste et pour cause.
Les heures ne sont pas, toutes, couleur de rose.
Est-il bien étonnant que l'esprit courroucé
Soit de mauvaise humeur quand le cœur est froissé ?
C'était par trop naïf de ma part, quand j'y pense ;
Croire, — j'étais stupide. — à la reconnaissance !
Allons donc, aujourd'hui ! c'était bon autrefois
Lorsque tous les devoirs passaient avant les droits,
Que depuis le vieillard jusqu'à la jeune fille,
En se respectant tous, on s'aimait en famille ;
Que l'aîné disant oui nul ne répondait non.
Que chacun mettait haut l'honneur acquis du nom.
Oh ! si tu revenais passer un jour sur terre,
Que dirais-tu de nous, mon noble et vieux grand père ?
Dans le Pays de Caux on se rappelle encor
Cet austère vieillard des fermiers le Nestor,
Ayant par sa droiture acquis un si grand titre
Qu'il était pris partout pour juge et pour arbitre.
Dieu fait bien ce qu'il fait... Dors en paix au tombeau.
Ce qu'aujourd'hui chez nous tu verrais n'est pas beau,

Et te ferait, voyant ce qui s'élève ou tombe,
Souhaiter de rentrer bien vite dans la tombe.
O vieille Probité, vieil Honneur des aïeux,
Etes-vous donc sous terre au cercueil avec eux !

Il se peut qu'on m'approuve, il se peut qu'on me blâme,
Mais on ne se refait le cœur, l'esprit, ni l'âme.
Aussi lorsque je vois une déloyauté,
En un mépris profond je prends l'humanité ;
J'éprouve un grand dégoût, comme une lassitude,
Et j'ai, même chez moi, besoin de solitude.
Je veux bien être triste, oui, mais je me défends
De montrer ma tristesse aux yeux de mes enfants,
Et je ne souffre plus quand souffrant sans rien dire
Sur leurs lèvres je vois la jeunesse sourire.
Autant que je le puis, je me suis fait la loi
De n'attrister jamais personne autour de moi.
Ce jour-là donc, j'étais sombre, affligé, morose :
Je voyais des points noirs, partout, à chaque chose,
A l'avenir, un voile ; au présent, un linceul ;
Pour me calmer les sens je voulus être seul,
Non pas seul, tout à fait, car j'ai, près de ma chambre,
Du premier jour de l'an jusqu'à la fin décembre,
De vrais, de vieux amis, à l'esprit vigoureux,
Au cœur droit et loyal ; je puis compter sur eux.
Ce ne sont pas, hélas ! mes amis de jeunesse.
Quant à ceux-là, mon Dieu, bien peu, je le confesse,
Sans pouvoir soupçonner quels ont été mes torts,
Bien peu me sont restés, et les meilleurs sont morts.
Ces amis dont je parle, ils sont aussi les vôtres
Et vous devez savoir s'ils consolent des autres.
Dans ma bibliothèque, ils sont là, toujours prêts
A m'écouter, d'abord ; à me répondre, après.

Oh ! lorsqu'on se retrouve au milieu de ces gloires
Dont en tous les pays rayonnent les mémoires,
On devient recueilli comme dans le saint lieu.
Comment douter encore et ne pas croire en Dieu !
S'il nous a faits petits, il a fait grands ces hommes.
Soyons fiers, malgré tout, de ce monde où nous sommes,
Ayons donc foi ! le plomb peut se changer en or,
Ce qu'il a fait jadis, Dieu peut le faire encor.
Il peut, — nous délivrant de tous nos hypocrites,
Dont l'orgueil est pour moi le plus clair des mérites,
Qui dans leur miel trompeur infusant le poison
Sous leurs raisonnements étouffent la raison —
De ces flambeaux éteints ressusciter les flammes,
Faire en des corps nouveaux passer ces grandes âmes,
Et chassant partout l'ombre à force de clarté
Du gouffre ténébreux tirer l'humanité.
Dieu le peut, s'il le veut : et, si voulait la France,
Comme elle aurait bien vite, avec sa délivrance,
Redoré la grandeur de son ancien renom
Et ramené l'Europe au respect de son nom !
Mais ce n'est pas avec un tas de phrases creuses,
De lamentations plus ou moins langoureuses,
De discours bleus ou blancs n'aboutissant à rien
Qu'on détruira le mal, qu'on refera le bien.
Ce qu'il nous faut, Français, c'est tenir droit et ferme
Notre drapeau de France, agir et mettre un terme
A nos dissentiments, à nos luttes sans fin.
Mais une bonne fois, sachons-le donc enfin,
Nous aurons beau prêcher sur les effets, les causes,
Nous ne changerons pas la nature des choses.
Ce qu'il nous faut d'abord, ce qu'il faut, à tout prix,
C'est la Force, oui, la Force ; oh ! plus tant de hauts cris,
D'élans intempestifs et de vaines emphases,
Commençons les travaux et mettons fin aux phrases !

Que chacun ait sa tâche et fasse ce qu'il doit !
La Force, — on l'a trop vu, — peut se passer du Droit.
Mais le Droit ne peut pas se passer de la Force,
Plus que, pour porter fruit, l'arbre, de son écorce.
C'est raide, mais c'est ça. La source de nos maux
C'est la fanfaronnade avec tous ses grands mots,
L'oubli de tout respect, l'âme errant dans le vague,
Et pour résumer tout, en un mot, c'est la Blague.
O vous tous dont l'esprit plane immortel sur moi,
Dans le fond de mon cœur affermissez la foi !
J'ai raison, n'est-ce pas, conservant l'espérance,
De croire en l'avenir que Dieu garde à la France,
·Si les Français, enfin, ouvriers et bourgeois,
Libres, veulent bien tous être esclaves des lois.
Mettons-nous donc à l'œuvre avec persévérance,
Non pour soi mais pour elle il faut servir la France
Et sans rien marchander lui donner son amour.
Puissions-nous voir bientôt, France, poindre le jour
Où pour remettre haut ta grandeur qui décline
Nous aurons rétabli partout la discipline
Et formé sur ton sol, marchant du même pas,
Des citoyens meilleurs et de meilleurs soldats !
O mes braves, pardon ! loin de moi la pensée
De vous jeter au front la campagne passée,
Pardon, martyrs, pardon ! sachant braver la mort,
Vous étiez aux combats dignes d'un autre sort.
Pour vous faire jouer votre dernière carte,
Il vous aurait fallu Carnot ou Bonaparte.
A l'œuvre, aussi, marins ! Ce n'est plus qu'un radeau
Que notre vieux navire : il tient encor sur l'eau,
Avec un bon pilote, un vaillant équipage,
On peut le ramener au port, et, du rivage,
Après l'avoir partout recuirassé de fer,
Le lancer de nouveau pour reprendre la mer.

Chères illusions, comme vous êtes douces !
Comme vous remettez le cœur de ses secousses !
Si durement frappé que l'on soit par le sort,
Grâce à vous, le mal cesse et la douleur s'endort,
Car l'espérance au loin déployant ses mirages,
Dissipant nos frayeurs, ranime nos courages.

Pour me bien retremper l'âme et le cœur, je pris
Sur ma table un volume au hasard et l'ouvris.
Ce n'était pas mon grand, mon noble et vieux Corneille,
Mais c'était une gloire à sa gloire pareille,
C'était Molière, ami, qui toujours aujourd'hui
Est chez moi, comme maître, entre Racine et lui.
Le Misanthrope... Alceste... ô l'admirable ouvrage,
Comme ce bon Molière y brille à chaque page !
A-t-on jamais écrit plus grand hymne à l'honneur
Et fait monter plus haut la droiture du cœur !
Où trouver, mieux que là, ce cachet de jeunesse
Que le Génie imprime aux chefs d'œuvre qu'il laisse !
Je l'admire aujourd'hui, c'est vrai, plus qu'autrefois ;
Mais je fus plus qu'ému, ce jour-là, cette fois.
Alceste, Célimène, Eliante, Clitandre,
Je croyais les voir tous, je croyais les entendre,
Puis rien.... plus rien.... Extase, instant délicieux !
Où l'on vit dans le rêve, où l'on ferme les yeux.

II

J'entendis tout-à-coup, j'entendis sur ma table,
Comme un léger frou-frou dans mes papiers. Que diable,
Dis-je, en voyant quelqu'un, venez-vous chercher là.
C'est vous, Alceste, vous.

              Oui, c'est moi, me voilà.

J'arrive de Paris.

              — Eh ! bien, quelle nouvelle ?

— La fleur de la Folie y refleurit plus belle
Pour parler le langage à la mode... Paris
Reprend tous ses ébats sans avoir rien appris ;
Il a tout oublié — c'est un Sphinx, cette ville,
Sublime, d'un côté ; mais de l'autre, bien vile.
Paris est aujourd'hui ce qu'il était hier,
Ce qu'il sera demain... Oui, toujours le même air,
Le même tourbillon, et le même mélange
De suaves parfums, d'âcres odeurs de fange.
Oh ! quant à sa réforme il n'y faut pas songer.
Il lui faudrait chez lui pour le faire changer,
Beaucoup plus de vrai peuple et moins de populace.
Il a déjà nommé Cassandre avec Paillasse,
Si vous l'en défiez et le taquinez trop,
Simple histoire de rire, il nommera Pierrot,
Car le vrai souverain sans peur et sans reproche,
Le Grand Électeur libre, aujourd'hui, c'est Gavroche.

— Que diable cherchez-vous ?

              — Tiens, des sonnets.

                      — Pardon
Ne vous avisez pas de lire.

              — Pourquoi donc ?

— Parce que je ne veux ni ne dois le permettre.
Des sonnets... où, parfois, vous plaît-il de les mettre ?
Mais dans tous mes papiers, pourquoi fouiller ainsi !

— Je veux savoir à quoi vous travaillez ici.

Polyeucte, Apollon, Marengo.

— Trois épîtres.
Quelques vers en jalons clair semés sous les titres.

— Laissez-moi donc tout ça!... prenez d'autre papier,
Car vous perdez un temps qü'on peut mieux employer.

— Si c'est un compliment, il me semble assez drôle.
Seriez-vous assez bon pour m'indiquer un rôle?

— Lorsqu'en France, à Paris, après Régnier, Boileau
Des vices de son temps jadis fit le tableau,
Horace et Juvénal avaient déjà dans Rome
Fait à l'endroit des mœurs la satire de l'homme.
Tous les quatre ont bien dit et leurs vers sont restés
Des arrêts sans appel par l'histoire écoutés.
Au milieu du gâchis, de la crise où nous sommes,
Mon Dieu, que nous aurions besoin de ces quatre hommes!
Que leur bon sens robuste et leur droite raison
Reviendraient à propos et seraient de saison !
Comme à tous les foyers leurs satires connues
Refaites aujourd'hui seraient les bienvenues !
Non que je sois assez optimiste, assez sot
Pour croire qu'ils n'auraient, chacun, qu'à dire un mot
Pour réparer le mal, remettre tout en ordre
Et ne plus nous laisser aucun fil à retordre.
Est-ce que les sermons en prose ou bien en vers
Ont jamais corrigé les méchants, les pervers?
Je suis trop exclusif, peut-être... en chaque ville
Il s'en est converti... soit... quatre ou cinq sur mille.
Turcaret, Harpagon, Tartuffe, sur leur fronts
Laissent tranquillement glisser tous les affronts,
Et toujours altérés de ce qui les enivre
Ainsi qu'ils ont vécu continueront de vivre.

Sur leur peau, rien ne mord… Oh! ce n'est pas pour eux
Que j'appelle un poëte honnête et vigoureux,
Qui sache, en imitant ses devanciers célèbres,
De sa torche à son tour éclairer nos ténèbres,
Rehausser nos esprits et nous faire savoir
Que plus haut que le droit est placé le devoir;
Qu'on peut bien à son tour vouloir devenir maître
Mais qu'il faut avant tout qu'on soit digne de l'être.
Jamais en aucun temps, jamais la Liberté
N'a dit : « Tu régneras » à l'incapacité.
Pour tenir sa bannière et défendre sa cause
Au moment de la lutte, il lui faut autre chose
Que tous ces Phaëtons, ménageant chèvre et chou
Et menant de l'Etat le char on ne sait où.
Quant à cette canaille, hélas! toujours la même,
A ces gueux de la grande et petite Bohême,
Qu'on n'a vus nulle part, qu'alors on voit partout;
Qui capables de rien sont capables de tout;
Dont la soif chaque jour par l'ivresse redouble,
Brouillant l'eau, ne pouvant pêcher, eux, qu'en eau trouble,
Ce n'est franchement pas leur faute, ô Liberté !
Si par eux de ton culte on n'est pas dégoûté.
Ce n'est pas, croyez-le, pour marquer d'un fer rouge
Ces chenapans de club échappés de leur bouge
Que j'appelle un Poëte .. on peut sur le fumier
Laisser tous ces pourceaux se vautrer et crier.
Ce n'est pas là le Peuple. O Peuple, je te place
Trop haut pour te confondre avec la populace.
Non ce vil ramassis de vermine, sans foi,
N'a rien, jamais eu rien de commun avec toi.
Aux champs, aux ateliers, honnête tu travailles ;
Brave, tu sais donner ton sang dans les batailles
Heureux d'en voir couler des gouttes sur ta peau
S'il a pu de la France illustrer le drapeau.

Tu ne sais pas encor tourner en raillerie
Le culte de l'honneur, l'amour de la patrie,
Et c'est toujours chez toi, Peuple, à tous les moments
Qu'on trouve les plus beaux, les meilleurs dévouements.
Oh ! le jour qu'il faudra, réparant notre honte
Reconquérir l'honneur... c'est sur toi que je compte,
Sur toi plus que sur nous. Car avec nos débats,
Nos discours Byzantins nous ne te valons pas.
Nous nous disons amis des mœurs, des lois, de l'ordre,
Malgré cela pourtant toujours prêts à nous mordre,
A nous jalouser tous... rancuniers, envieux,
Jamais contents du bien, courant après le mieux,
Ne nous apercevant que lorsque tout est sombre
Que nous avons lâché la proie, hélas !. pour l'ombre.
Oh ! comme Juvénal justement irrité
Nous redirait à tous l'austère vérité,
Comme il aurait raison de nous cingler la face
Pour nous faire tenir chacun tranquille, en place,
Et nous forcer d'agir au lieu de bavarder,
Au bord du gouffre ouvert que nul ne peut sonder.
Si vous en voulez-un, prenez moi donc ce rôle.
Qu'importe le fardeau quand solide est l'épaule.

— Merci... qui va trop loin tombe en route souvent.
Vous poussez, mon très cher, les choses trop avant.
On doit aimer l'honneur, il faut que l'on déteste
Le mal, l'hypocrisie... Oui ; mais vouloir, Alceste,
Que tout soit en ce monde admirable, parfait,
Qu'on n'y commette plus ni fraude, ni méfait,
Que tout soit toujours bien... c'est rêver l'impossible.
Rien ne passe en entier lorsqu'on le passe au crible.
Autant vaudrait vouloir empêcher de pousser
L'herbe dans une allée, ou faire renoncer

Le *Journal des Débats,* ce radical étrange,
A son radicalisme en fait de libre échange.

— Et LA SOUSCRIPTION... allez-vous la laisser
S'éteindre sans rien dire et sans vous courroucer?
N'avez-vous donc plus rien, plus de sang dans la veine?
De vous cela m'étonne et me fait vraiment peine.
De ce qu'on eût dû faire on n'a pas fait le quart ;
L'ouvrier seul, chez nous, a bien fourni sa part.
De plus bas vient le don, de plus haut je l'estime.
Le riche donne un franc, l'ouvrier, un centime,
L'un sur son nécessaire a pris, il l'a voulu,
Et l'autre n'a donné qu'un peu de superflu.
Merci, cent fois merci, nobles petites bourses,
Oh ! que vous êtes bien nos meilleures ressources !
Il n'a pas voulu, lui, l'ouvrier, être exempt
De payer pour la France, il donnerait son sang
Pour acquitter la dette, à défaut de monnaie,
Il faut, enfin, morbleu, que tout le monde paie.
Ce serait, quoique lourd, léger en vérité
Si chacun s'y prêtait de bonne volonté.
Volontaire, l'impôt nous sera moins sensible
Et le réaliser n'est pas chose impossible.
Souscrivons tous d'abord, sans ostentation,
Sans aucune réserve et sans condition.
L'ouvrier, chaque mois, donnant une journée
Sachons en donner trois, en dix ans, une année.
Un dixième pour cent sur notre capital
Perçu pendant dix ans, fournira le total.
Mais il faut pour cela, je vous l'ai dit, j'insiste,
Frapper l'indifférent, fustiger l'égoïste,
Et les faire avec nous sur le chemin sacré,
Pour le salut commun, marcher bon gré, mal gré.

Partagez donc un peu le transport qui m'inspire
Courez sus aux félons ; car, lorsque de bien dire
On a reçu du ciel la grâce et le pouvoir,
Qui se tait est coupable et fait mal son devoir.

— Le cas est grave, Alceste, et ne vous en déplaise,
Vous tranchez dans le vif un peu trop à votre aise.
Parler est bien, se taire est souvent mieux encor.
La parole est d'argent et le silence est d'or.
On ne corrige pas sa ville par l'injure.
Je serais plus blâmé que loué, je vous jure,
De vouloir dénigrer telle ou telle maison,
Et ce serait, à moi, folie et non raison
De vouloir m'attirer quelque sotte querelle
Avec Paul, Pierre, Jean ou Madame une telle.
Mettons dans la critique un peu plus de douceur !
Je ne veux pas du tout me poser en censeur.
Il faut, je vous approuve, il faut que dans les âmes
On rallume ce feu dont s'éteignent les flammes.
Eh bien ! rallumons-le, faisons ce qu'il faudra,
Aidons-nous l'un et l'autre et Dieu nous aidera.
Construisons à nouveau sur des bases nouvelles,
Ranimons les ardeurs, excitons tous les zèles !
Mettons-nous en croisade, et quel que soit le vent
A notre but sacré marchons tous en avant !
En avant donc, Rentiers, Commerçants, Journalistes,
Et vous tous gens de cœur, vous, mes nobles artistes !
Faites que chaque Muse ait en chaque cité
L'hospitalité due aux sœurs de Charité !
Il s'agit du pays et de sa délivrance.
Donnons pour notre mère… Enfants, sauvons la France !
Vous le voyez, avec un peu moins de courroux
J'ai la même pensée au fond du cœur que vous.

Pour l'exprimer ici laissez-moi ma méthode,
Qu'elle soit, cher Alceste, ou ne soit plus de mode.
Si de rimer encor j'ai parfois le travers
Ce n'est pas, après tout, un grand crime et mes vers,
Qu'ils soient bons ou mauvais, ne font, quand je les donne,
Qu'un peu de bien au pauvre et de mal à personne...

— Papa, viens-tu dîner ? —

                    Jeanne me réveilla
Et naturellement l'entretien finit là.

Rouen, avril 1872.

Rouen. — Imp. H. Boissel, rue de la Vicomté, 55.

DISTRIBUTION :

Bureaux et sociétés de bienfaisance. 525
Distribution personnelle de l'auteur 19
Comité des Dames de Roun. . . . e 100
Conseil municipal de Rouen. . . . . , ... 36
Lloyd de Rouen. 200
En vente chez M. Le Brument, libraire 20
Prud'hommes ouvriers 500

Tirage spécial à 25 centimes 1400

*Aux Présidents et Présidentes des Bureaux
et Sociétés de bienfaisance.*

MESDAMES,

MESSIEURS,

Il me serait très agréable qu'il vous plût, cette fois, de donner le produit de ma chétive offrande à LA SOUSCRIPTION NATIONALE. Si vous croyez convenable d'agréer mon désir, je prierai chaque Bureau de faire remettre chez moi chacune des petites sommes qui, une fois totalisées, seront remises à la Mairie. Vos pauvres n'y perdront rien ; en octobre ou novembre, suivant mon habitude, j'aurai soin d'acquitter à nouveau la redevance annuelle que j'ai cru devoir m'imposer, en vous envoyant quelque chose que je m'efforcerai toujours de rendre le moins indigne possible de vous être offert.

Votre très humble obligé,

ÉMILE COQUATRIX.

Rouen, 23 avril 1872.